lux poetica ❶

犬、犬状のヨーグルトか机

芦川和樹

思潮社

目次

装画＝横山麻衣《山の舟》2022
装幀＝戸塚泰雄

犬、犬状のヨーグルトか机

結合は夢差し色コンデンスミルク

eclair, persimmon blue に移る子、子

（eclair（eclair　※えくれあ
紅葉をよく噛む
口のなかは、炭酸でわく。わく哺乳類（缶）
の、マカロニが煙突で、退屈だってよれる。
そしたら飛び火は、除雪とブルドーザー。
食事を運ぶだけで、あとは快適に過ごす
「じめじめした地面の、横顔
しめじ、つよい獣（まぐま）は

製造番号、つ（つ）。通信する、タガメ
（飼育禁止なのに！）」

遠隔で、喉を改造する天狗似の鴨。保護するヨーグルト（ヨークシャー・テリア）。絆創膏紛失事件のときはまだ幼くて、記憶ないんです。（ワニは蜂の巣に住む。）唐辛子に挾んでか細い植物の根っこはいずれ猿の手を借りグミ。豊かなグミになる。瞼が燕の巣になったのはいつだったか、先祖の墓を隈無く調べて、いくつかの案、が安眠する。が安眠する。

どうして、す。緊張の糸を渡ることはできますか。できますよ、退屈な靴を履いて、カタツムリを杖にします。歩くのですか。歩くの

が簡単です、鉄道を敷いても構いませんが、
犬はいますか。昔はいたかもしれません、い
まは子山羊です。鹿ではないのですか。海で
は鹿ですが、いまは子吹雪。梅が降るとたち
まち、かくれてしまった。

（compote（compote ※こんぽーと
葉先がするどく削れてきたのは、葉ぎしりが
行われているため。春の左側は、あんバター
サンドを買いたい。獅子、子獅子。エメラル
ドに光る人参を齧る齧歯類。絖（ぬめ）。明
け方、あたらしく動きだす魚。オペラがす、
き。／虹が麩菓子を食べているあいだに、ハ
ンガーを掛けるのがこつ。は、こ（箱）。
うつぼ、公園

北口。
ニシンが泳ぐ西日は雨
紫外線
らっきょう（辣韮）
だいたい水を吸って
ぼやけていく輪郭の皮膚
は、採血の
得意な子ども
ポメラニアンだった
ころの、泥濘（ぬかるみ）。深爪。
peel 皮
枝に残った
夏、それは大袈裟な茎、釘
運河の入り口。ざらめ向き、
だって、おばけが

そろばん
多くの野菜、みたい（歌唱）

（persimmon（柿　※ぱーしもん
「平たい石などのテーマパークでは
三年に一度、
キジ（雉）に団子をあたえます。
耳代わりの果実が、ちょうど
熟しています、文房具。
フライパンの発端は
茗荷（みょうが）です。
段差を利用して発電する毛虫
は、ほととぎす。
ちょき、ちょき、そぼろ。
山カプチーノ」

……点線は脱皮する

移る和菓子（野生）

ずっと事件が終わらないので、週に何度か別の労働をする画鋲。霜焼け（か、花粉）が邪魔で、でもたぶん、それらは協力者で、ほんとうに困るのはゼラチンの凍結とすだち（酢橘）。山葵のいいやつ。枕を裏返すと鼻の通りがよくなって、つい、架空の袖を振る。藍色の狸、憂鬱な蟹。さらに、雪とみまごう数多の鳥。燐寸（まっち）を擦って、そのあかりfaint light　のなかでだけ生まれる歪な、山椒魚（だいたい）。それにまたがる鬼、子鬼。風船を膨らませて、口を縛らずに指を離せば、大昔に描いた軌道を辿ってみせる。焼いちゃえよ、もずがいう。もずだって焼けるのに。子もず。新聞紙を逆さまに、それが宇宙よ。末尾をすこし、鋏でととのえて、ぼんぼんにする栄養素。建築は、黄色。蝶ちよ、逃がしたのでしょう。時刻を計測し、捕まえ、展示する仕事。労働する、内臓。ぴんぐーの、肺。

※牛乳寒、後日談
非売品のシューベルト。表札に、猿や消防車の絵を描き「たぶん魂抜かれた。スイミングは苦手だから、布団であっても溺れることができた」。発火するのはその数分後……桃はあまり食べないホットサンド（鯰、なまず）。

山羊のいそぎんちゃく（着　を探せ

天然の机は、いま思えば、羊の仲間だった。
仲間だったわけではなく、乾燥した銀だった。
そうではない。平らな、野菜だった。
耳の方が、造花／テクノロジー　より
シンデレラだった。「パグ」
「パグ」「パグ」「パグ」　唇が
傘っぽいす、も／も。第二に、
第一の工場に弓（楽器）をあてます、
角度は、1000000鴇（とき）。2号。
毛布のかたちに似せて、ピラミッドの
邪魔をする【【【わたあめ
【【【ぽいんとかーど

【【【しら、

す

牛乳の夢

柊（ひいらぎ）の小箱

しそ

海底と、海の底に、人参を植える計画を考えたのはパグだった。にしんが嫌がったので、しら、すと芽めらるどが植える。海は怖いので、お風呂で練習する。「二酸化炭素、二酸化炭素ぎんなんー△」（ウサギの睫毛が枯れるー、美味しい蜜柑になーるー□）ロボットが底に固定されると、分度器でらくだを慣らし、一息でイカを打ち込む！天秤ざ、天秤ざ、井戸の巣ーーー　まったく郵送できず、住所が登録できていないのか。シーチキンが調べます、腸（はらわた）。月の加減じゃないのかなあ、それか胡椒（ぱうだー）の機嫌かも。噴火ではなさそう。紅葉をいくつか摘んで、ひたいの、　棘に刺す。大葉、大葉、大葉の、ぱすた

穀物の金目鯛が、　　　穀物の金目鯛が、

応募されたミシン
のシーラカンスを
操作して、泡（あ
ぶく）の模様を調
べます。肩の金具
がぐらぐら揺れて
、それがモンシロ
チョウだと、目を
輝かせた。バッタ
。印象を印刷する
にはインクを買っ
てこなくてはいけ
ません。「淡水の
なかで「コンビニ
を探す、モモンガ

応募されたミシン
の金木犀（犀）を
よく洗い、煮て、
目薬を製造します
。偶然通りかかっ
たアメリカマイマ
イのために、すべ
ての作業が中断し
、起きているもの
はみな、泣きべそ
をかいた。平気よ
、悪いやつじゃな
いんだ。卵を読ん
でね、印鑑が必要
か、わかるから。

（河）」心臓の雑
な口笛を、」何度
か聞く。岩の下に
、複数の複雑
な光線を送っ
て緑のムンク
を救助しまし
ょう。尾ひれ
が傷つかない
ように、柔軟
な大根を選ん
でください。
それとてもい
いです。その
まま地面（バ

何者かが（昆布）
膨張した銀紙をト
マトに譲った。ゼ
ラチン？ヒポポタ
マス。高濃度のバ
ニラクリームは、
飽きちゃった。枯
れたのよ。知らず
、しら、すの頭が
茹でられる。……
ぱすた……ぱすた
……あん　……あん
どろいど　どろいど
は、観覧　【未来の
車の夢。　石鹸】。

スタブ）に吸
盤を押しつけ
たら、ミント
　の香りがする
でしょう。そ
れがイグアナ
です。排水口
の素数です。田ん
ぼに落ちた、柿の
実。垂直に思うぐ
にゃぐにゃな飴。
チューリップは燃
えているみたいだ
からすき。燃焼の
こと、ダルメシア

獅子舞の　オーブン
電気ケト　を開けれ
ル、提灯　ば無数の
アンコウ　「パグ」
。水に濡　「パグ」
れて、そ　「パグ」
れじゃあ　「パグ」
バクじゃ　……
ないか。　【鮫】
すぐに鼈　onion】】
甲（べっ　ど）
こう）に　小松菜（
着替えな　い、ぬ
さい。時　どき、鴇
計に間違　1000000

ン。予算案、耳の　　われます　喉仏。３号
魚を捕獲する棒状　　よ。人参　顆／粒／
のつぶ、つぶ。弱った。四月になれば、
テーブルクロスの仲間。
そんなわけない。半纏の狸。
きゅくろぷす△△△さいくろぷす□□□
面倒見のよいさつまいも（麋（となかい））
角砂糖、角砂糖。にが、
にがしいにしんに決まっている。
にしんが嫌がったので、
！！！あんぱんまん！！！
犬ざの人は
けふはいい運勢
】
」

）

と、ホット涙（なみだ、泪）を飲みながら、
感謝をしています。
毛布を、ラズベリーでいっぱいにして
心臓の種を、牛乳で、／微ニール
植えた人参は、いいかんじです。
山羊も、発光ダイオードも、錨
よく縮んで、しわがれ、顕微鏡がないと
ただのホチキス（鳥、ら）で、
湿布は森を、供給します。（落花生、思考）
いいですか、
いいです、

犬ぞの人は
あす、
機械の不具合で、
お休みです。ずっと、お礼をいっています

三つ葉のオセロ、日傘を持たない

昆虫採集が趣味ではない山葵、山葵は、新種のウメ（老いた鯖）を探して、ポッキーの橋を歩いていています。／桃が睫毛になって、よかった。この辺りのバウムクーヘンはバクで、その大部分が夢です。牛のおしりは、わたあめ、保護色の。狸。勿論、保護色の（きーすじゃれっとが、元気であるといい）台所はぐみいろの走塁です、雪上かけす。記事虫、きじむし。松ぼっくり／毬果（きゅうか）などが、蔓延るはび、こる。肩の、袖口。

記事虫記事虫記事
　　　　虫
　虫記事虫記事虫記事虫記
　事　　　事　　　　　事虫記
　記虫事記虫　　　　　　事
　　　　　　　　　　　　　虫……

テクノロジーが鈍くて、新聞紙は眠い歯をごとごと工事します。お醤油、三つ葉、ポインセチア（い、ぬ）。似顔絵が駐輪場に似ていますね（しゅーくりーむが降る）。あら、食塩よ。風に舞う（回覧板）／（回覧板）シューベルト来た？　まだよ、今日は来ないんじゃない？　だったらなぜロケット鉛筆がないのよ、来るに決まってる。行人偏を数える、朝の仕事。くわ、

がた、黒板は、
横になって、机に置かれたお皿を見ている。
よく眠っても、よく眠らなくても、ガソリ
ンで動くわけではない黒板は、
砂のなかの、細かい昆虫と結合する、瓜。
昆虫採集が趣味ではない山葵は、炭素、元旦、
しまうまの、群群（ぐんぐん
テッポウ魚、梅（よくある））
狐
落下傘↓↓↓↓
　　落下傘↓↓↓↓↓
落下傘↓↓
　　狐がもしも、迷子の卵を
　　口に含んだら、プリンは
　　（鴨、芽）すぐに火を、

吹く。熱いヘドロ／カラ
メルを、背中の煙突から
吹く。吐く、でもいいけ
ど、カラメル／カステラ　い
で、なんでも包んでしま　の
う。包丁、マシュマロ製　し
焼　発　の葉が凝縮して、囲炉裏　し
け　光　をもっと春に快　の
た　分度器　適な魚にする。胃
宝石（お　にお　葡萄。ブドウ糖　可
菓　け　。口の端で沸騰　愛
子）がる　する果物、植物　い
昆　頬　。枝え、だ／豆　ピ
布　袋　。柴犬が逃げて　ー
の　、　しまった珈琲が　ナ

羽　完　、優しい珈琲　ッ

潜水艦は大根の成長を観察する牛乳を、ツルツル生き物（ししゃも）の助けを得て、コンソメスープに補充します。機械は昔、恐ろしい貝（ホチキス）だった。昆虫採集が趣味ではない数多の黒板は、

「山葵と同じですか？」

集合、離散する、金魚と金魚鉢。雨粒だったら窓ガラスの上をいつまでも泳ぎ回るわ。馬鹿ね、あれは走っているのよ。蒟蒻（こんにゃく）はいまも蒟蒻畑で生まれている。ヨーグルトは焼けた……分度器の……土器の……頬袋による、胃の妖精。記事虫とか、雉虫（きじむし）とか。あたまのわたあめが、もうすぐ四時を指します。分銅ふん、どう

布ぬ、の繁縷はこ、べらのトスカ

乾電池に宿を借りて、もっと退屈な雪をじょきじょききざむ鋏が煤のなかでうごくポメラニアン（ニアン）。にすの品種です、発芽する、リズムの揃わない無花果のオペラ。思い出は、思い出さないとバッタになって、雲をたべる、はこべら（繁縷）。いったい、テザード・ムーンが見え隠れする夜に、遅れてしまう、脚の長い／キリン。斑ま、だら、が、まだ、斑、ら、になっている、模様のことをキリンと呼ぶべきだ。そうではない、マッシュルームの扉はすこし開いてシマウマ（群れ）が通行する。赤色せき、しょく、のやわらかい物体、…飛行するなら鯵あ、じ、…しないなら苺。わたぼこり（ら）は必ずここで磁石に合流します、そこにこっそり、合流するのが、にすの役割。ポメラニアンです（ニアン苺）。不安な、不明瞭な、図書の堆積を、黄色い記憶の装置（しゃもじ、）で捕獲します。おどかすと逃げてしまうので、口にするのは、容器に入った「しまりす」だけ。停電したら、乾電池をサーチライトに（夜、繁縷はこ、べら）。うごめく布

焼き鳥は鬼、麩菓子

鬼が水溜まりで遊んでいると、トラックの、タンクローリーの、ゴトゴトいう。ブルドーザーは、青く燃えています。鬼が、いる。タイヤが、ザリガニを通過するらしい虹は、魚を逃がさない深い奥行きでもって、仕事します。（天使が摘んだ花は、それから百年、蝶でもいい　リボンを食べる、生き物（たくさんいるね　雪だるまは、雪については語らずに、泳ぎを説明します。クロール、平泳ぎ、息継ぎ………　キューピーはよく晴れた朝に、トマトと遊ぶ。サラダ。ヤスリでなめらかな夜。串を

す

す

む小さな音程（煤す、す　まばたきは楽
器。テールスープは
花
束
。
花
束
花束の鮎あ、ゆ。花束の直線は、曲　の
が　鮎
って、喉をゆくスープ。　あ
テールスープ。優しい傾斜。優れたカーブ。コスモスを送り合　、
う習慣が、まばたきを、より花束に近づける。抹茶ロール。ロ　ゆ
ールケーキはタンクローリーで運ぶ規則。を郵便の鳩たちは承
知している。今度の雨は、跳ねて頬につく雨であって、カエルのよ
うです。カエルといって思い出すのは、洗濯

コンタクトレンズを干す
カチューシャに根を張る豆苗はイソギンチャクの
赤い血管と青い血管。どちらかを……　ヨーグルトの光で照らし
ます。コレステロール、コレステロール……
井戸になります
メダカの学校は、本日開校です！
※ふてぶてしい　セリ（セロリ）
　※二月に摑まって！
　　※香辛料を飛行機にしよう、紙（かみ）

豆乳は、
豆苗は、
ナズナを金棒に思う
（ナズナを金棒に思う）
春のほしくず
アマリリス（オオカミ）を呼ぶよ

曲がっ
　　た
　光線は、クローバーを耳に挟むみたいな
矢印の向き
ヘッドフォンはラクダ
（ヘッドフォンはラクダ）
花瓶／カプチーノにもぐって水溜まりに抜ける
綿わ、た
　　　綿わ、た
　　綿わ、た
　綿わ、た
…
きっとおへそが入園料。モズ。洗って、拭いたお皿はフリスビー。
串　焼いた鳥の頭上。それから体内に、もこもこ膨らんだ綿菓子。
画鋲で、怪我をしないで

（怪我をしないで）メロン

衣類の子ども。大人になったら衣類になる存在。
紙のパン。
ブドウをふくむパン。
トンネルは眉毛を（睫毛も　持たずに、タイムマシンでいられる。
復習のとき。予習のとき。
鬼のかかとに、芽がつぶされないように。

角
つ
、
の
を

角
つ
、
の
を

マティスの豆鉄砲

マティスがいった、とメロンがいった。メロンはその底辺を釘く、ぎで固定されたサメ。サメどもサメども、消したな。アイスクリームを消したな。睨に、ら、んでやる。クリップを変形させて、生活に役立つものにするハバネロ。確認ですが、読書はくうきのかたまりですね。眼帯をはずすと一息に吸い込まれて、未来をよごさない。

(平気、ベランダは滲みやすいものだもの。トカゲの眠りを妨
害
す
る
電

波（しそ）。平仮名をこぼしちゃ

っ
た
…
こぼしちゃった。それでも、ストローを噛むアボカド。アスパラ。
窓のこめかみを刺す、あくび。塩っ辛い、カリフラワー眠った。眠
った根。眠
っ
た
根。ボールをキャッチする手の血管／毛細血管をバスで
移動するジャスミンjasmineは、街角。セント・バーナードが雪だ
った。あの時。いい、もっとなみだを、河にしても。そこにいちば
んあたらしい船、夏蜜柑を浮かべます。思い浮かべます。どこにも
届かない、ゆびで、豆（、豆）をはじく　！

アスパラガスの朝／つまずくサンタクロース

アスパラガスの朝

まっ黒な雪を
宙で、つまんで、口
に入れる
クリームチーズの燻製。いいえ、鳥（ハト）
鳥（ハト）の時計では耳がツーンと
山葵わさび。ガリガリガリ……げっし類の
音楽家である。扉か、ドアを開けます
河が、運ぶもの。光の最中さなか、もなか

ロバはコンクリートを溶かしながら歩く貝（ホタテ、帆）
メー、メー
ウサギは白い雪をしっぽにしてしまう
鉛筆だ。煙を夜にながす
葉っぱの奥に、カプセル
カプセルのなかでは、くつろぐ、ショートケーキ
苺のへた、はミントです
まっ
黒な練乳（練炭）を
エレキングの昼食にせよ。ナイフとフォーク、黄緑色の、ナイフ
とフォーク、衣装の色である
サラダよ、サラダよ
ゆっくり起床すれば、いつまでもチョウチョでいられる
鳥（ハト）、いいえ、鳥（ハト）
串を、いいえ、田植えですよ今日は

発行したばかりの、喉仏、のどぼとけ
かすかな、光を
くわえて走る犬い、ぬ／アスパラガスの
マグネシウム1（いち！）
プリンはまっ
だ黒くないうちに、銀行でお金（しらす）をおろす
テールライトが瞬きするほどの金属を
鞄に、保護する（メー、メー）
午後を始めるまえに、許可証を提出できるだろう
ローズマリーはうまくいっている
問いは、クロロフィル
変形するクロロホルム……緑の
ビー玉を
不安な、夜の名残と思って
踏む（ロバはコンクリートを溶かしながら歩く！）

回、回答
野生のパンダは、右上に
野生って書いてある。矢印
か、船からライトが、よくある円盤の船
とにかく区別がはっきりしています
串に刺さった、ブロッコリー／アスパラガス
サンタクロースは、雪が平気（マグネシウム2、に！）
花壇にながれる、煙だ。ボールペンだ
そこで、魚が生まれる、鳥（鳥肌）
長袖がいいかも

つまずくサンタクロース

海老がもくもく

まっ黒な雪（煤すす）を
宙で、つまんで、口
に入れる
ホッキョクグマ、の巨体
は、サンタクロースの家です
住んでいます。ノックノック
油田ゆでんを、台風から守るために
サウンドチェックを実施します
遅れてくるマスカット（刺とげ）を待って、半分待たずに
演奏が送られてきます
ウイーン、ウイーン。ガリガリガリ……よさそう
ドラマティックな展開を拒否します
ピアノトリオがね、ヨーグルトにもぐって
健康を、維持（ビニールハウス）／増進（苺、フォークリフト）
します！

煙突の下見に、鳥（冬）をつれて
ビーグルは猟犬である
マッチ棒を移動するには犬い、ぬ、に吠えてもらいます
月を、遮る
カーテンの襞（ひだ）が喉。架空の
コインランドリーを模す、燃す
燃やすのは昨日、テトリスだったもの
ヨボヨボ、あるいは、コポコポ、焼却炉がいいます
桃を持ってこようか？（マグネシウム3、さん！）
歩くように、平均台を歩くように
フラミンゴが、ヌーを渡ります
ヌーはたくさんいて、橋です
始め（初め）から機嫌がいいと、いいのに
まずまっ
黒なここちで、支度する、なまこ（なめこ）

味噌汁になるまではいつまでも、湖。いまは湖
虹鱒（にじ、ます）が泳いでいます
そのとき、なまった
なまった、曲線が、絡まるのだ
太陽をチョウチョ結びして、酸素を足します
無理ですこれ以上、燃えません、を燃やすのだった
サンタクロースの髭はスチールウール、山羊をしのぐ
こんがらがった知性、をハンマーで叩く
薄く、伸ばすのだ、うずら／スロー、スロー
モーション。そうして整った、平面は
まっ黒な雪
あくび、あくびの口を
シガー、シガー
などと鳴く、鳥（アスパラガス）がゆく
帰りは昨日、焼却炉で生まれた日傘

虹

その紫色の虫は昆虫で、虹。光
のホチキスで書類「原稿」をまとめる束
ねる。蛇へび、蛇口を口に含んで、そこはリボン
チョウチョ（てふてふ）で結ぶ。プラスティックの
建築は、同様に、チロルチョコの建築は、
昆虫ではなく、虫であるとも思えない、虹。
光、が立ち止まって、靴ひもを結び直したり、
衣服の、傾きを調整し、また仕事（ホチキス）に
戻るための、装…　アルミニウム、アップルビネガー…
オートバイ…　マグネット／砂鉄…　置。装飾。泥は
憧れます。あれは未来じゃないかしら

ブルー、ブルー、ライトブルー

スポンジ（ゼリー）は生き物（ワニ）が嚙んだ形に沈む。その沈んだ場所、に流れ込むウミ（海）。メカ。いいか、ここは、カラフルな果実の楽園である。

（…楽園なんてないよ）バニラは思うが、□にするのは困難である。ザラザラは、なめらかに把握される。ニワトリが厨房で忙しなく動き回ると、回転するゼリー状はみなグミで、それがスポンジ（河）、カステラ（ワニ）。

テトリスを再び、銀河に放つ。バランスはモンクの作曲で、まず喉で演奏された。柊ひいらぎ、が多様なメカを受信する。贈与は、貝（ラッコ、花）。食塩が眠る。

ブランコはコントロール、操縦されない鳥だ。
考える。貧しいカタツムリは、錯覚できるのだった。
日常のヒポポタマスを気球にする、キャラメル。
雪（すき）が積もって、人間になる。辺、斜辺、
ビニールハウスをギラギラ輝く曲線に加工すれば、
てまえの肌、山脈、ロードムービービーム昆虫。
パスする。先生、がマグマを
マグカップに二、三杯、朝晩飲む。活性（界面活性剤）
程度に関しては、イチジクの内側に向かう花、
スケートのようなシャカシャカいう、メカゴジラ（メカ）。
ラフランスは犬猫、サメの結社で、バスを釣り
オーストラリアでタスマニアデビルを見た、山羊。
コアラが雨を収集する。半透明、そして半分は濁った、即席の
ロープウェイ。弱々しいエメラルド。
文字を運ぶリス（配管工、苺細工）はハバネロを携帯して身を守る。

青い（ブルー、ブルー）カフェテラスで注文した
カフェラテ（ブルー、ブルー）が野生に近く、近くなく、
人に慣れた生き物（ソーダ）であった。
もうパラシュートで降りよう、それが早い。
混沌とした紙面を、ツルツル（トゥルトゥル）にする
ゼリー（生き物）が、まもなく着地です。
ヒヤシンスを睫毛にして、図書館を併設します。
麦のよくわからない成長、ブルーベリーがジャムになって沈む。

前兆　エレファントノーズ　ポール（名）

前兆
未記入のまま、昆布はマシュマロを焼いた
エレファントelephantに用があって、急いでいたのだ
ガードレールは、昆布を佃煮にした
ガードレールは、昆布を佃煮にした。ファールボールが沈
　　　　　　　　　　　　　　　　　　殿する
海底
には、牛乳壜がひとつ、ほとんど発光するように、ある。
ミジンコが住んでいるのだ。ミジンコは、佃煮を食うミジンコで、

ポール（名）という。ポールはパンダ釣りが得意だった。パンダたちは警戒し、ヘルメットを被った。

ポール（名）という
ポールはパンダ釣りが得意で、毎日釣った
釣られたパンダはヘルメットになって、ポールが被る

カブは、音楽家である。

昆布は、佃煮で、ミジンコが食った
ミジンコはポール（名）だから、昆布はポールになった

ヘルメットを装着する。昨日は、
暗澹あんたん
をよく乾かして、青い薔薇の茎に干したのだった。

茎
のとげが、暗澹あんたんを固定する
（未記入のまま、）
ポール（名）はマシュマロを焼いた

ブランコを
忘れていた
忘れていたわけではない
乾いた暗澹あんたんで紙飛行機を折った

牛乳壜
が
ほとんど発光する
ように、ある。

前兆

（エレファント elephant に用があるのだ。）ポリバケツのおばけ
が、紙飛行機を飛
ば
す
。

それを　それは
アスレチックのなかに落ちます
きびなご

アスレチックではなくて、ジャングルジムに、きびなごは落ちた。

海底

には
ファールボールが沈　…殿する
（パンダは黄色いヘルメットになった）　カブは
音楽家である

昆布は（昆布を佃煮にした。）ピンボールの要領で、音楽を生む。
ポール（名）は、驚異の音楽を生む。牛乳壜は、急いでいたのだ。

エレファント
elephant
が、鼻を
鼻で

きびなごを摑む
ほとんど（未記入のまま、）ポール（名）は、昆布をマシュマロと
いう

前兆

暗澹《あんたん》

ガードレールは、三角形（△）を食うワルツで、昨日は、をブランコに忘れて、それから昆布を佃煮にした。

エレファントelephantに用があって、ヘルメットを被る。

被らない。パンダは釣らない。ファールボールになった。

ボート、ボート9

ヨチヨチ　大根はクジラやイルカをすり抜けて歩く赤飯。触角の思い出せないエリア（ダークブルー）を、満を持して、ロブスターが斜めに移動する。モップ、モップのリズム。スライドを、生む。大根が歩くのは正方形に着くため　かっ

さぶたが　ヨチヨチ　おもちをつく椅子、机、テーブルクロス。緑の生意気なトサカをぱくっと、うばう。ピーナッツバターの

運河。柑橘のキャタピラ（虫）チンパンジーが低気圧を踏む。うばったトサカは台風の朝に芽をだす油揚げ　さっ

い、犀。ほぐれたほっぺた（ほほ肉）に、トナカイが引っ越してくるまで。マンションのベランダに鳥（鉄道）が立ち寄り、質のいい欠伸あくび、を届ける。ガンダム。ロボはどれもガンダムで、ガムでできているはずで、植物性　ざっ

しゅの布団。モモンガはモップ、モップの品種で、喪に詳しい。モンブランがやはり一番好きです。最近のケーキはスポンジが弱くて、もっとスポンジがいい、鰯。いい

いわし。約分して1/3になる問いだけが今回の主賓ですいらっしゃいませ　いらっしゃいませ。コンクールでクロールする猫は錆びている。皮肉はポテトに宿り、それはグラタン、ジャーマンポテト、ピザだからね、この上なくやさしい靄（もや、もやもや）に結実する。錆猫いいなあ、港が得意なのだろうか

ヨ　　　　　　　　　　　　ヨ

チ　　　　　　　　チ

ヨ　　　　ヨ

ヨ　チ　ヨチ

ヨチ　ヨ　チ

ヨ　チ　ヨチ

ヨチ　ヨ　チ

チ　　チ

ヨ　　　　ヨ

チ　　　　　　チ

パスタを茹でるネギたちが、オイルを浴びてウトウトしないように開発された、枇杷（ビニール袋、ビニールハウス）。寒いと布団からでないでしょう。ヨチヨチ　錆犬が乾く。ピーマンはもう肉を詰めてある。
ボート、セミ（鳥）の小さい　つ

追記

た、釣った、つたを、つたわって、ギロチン（パンナコッタ）が笑う。口のなかで糖分を生成精製する、契約。ドジョウが主任です、係長。温泉（火山）で育ったたまごは黒くて、それじゃあカラスが生まれるのですね　そっ

うではなくて、現実の、つねっていたむ頬なりなんなりが、ヨチヨチ　ヨチヨチとしたヨット（ボート、ボート）は冷蔵庫で保

存する、べき夏場。群生するシロクマが小
さくて、これならうちの冷蔵庫でも大丈夫
そう、そっう。水って正方形に実る

アクアパッツァの任務

パイロットが金木犀を摘みに（積み荷）
　　　　　　　　眺めて、摘みに
　　　　　　　　　　　アクアマリンを
　　　　　　アクアパッツァ、夜の鳥です
ガソリンはオリーブ、オリーブの実でした
耳元に
　　うさぎ、うさぎは魚やな、一輪、二輪
　　　　　　　　数えるんやで
　　　　　ごろごろ
くすぐったり

ぐずったり、ごろごろ
する　ゴブリン、ゴブリーンが
箒ほうき、にまたがって
水を撚（よ）る、撚りに出掛ける
夜
の　オーバーオールは枯れなくていいが
ザ　た
リ　っ　牛乳パック
ガ　作　も
ニだったもの　針金で　い
打ち水に飛び込む　い
竹の成長を
竹藪がじっと観察する、さささささ
折れるものは
折れてよ

不安なときはドングリを摘んでもいいし（積み荷）
かかとが蟹（ヤドカリ）をつぶさないように

熱波はフラフープをいくつもいくつも投げ込む！

ダックスフント（だった公園の遊具）が白い花になって、吠える
「フロッグ、フロッグ！」
なによりも弱い矢印が蜜柑（アルミ）に刺されば
雲だったものがバスタブ
沼は、平べったいカンガルー
パイナップルはイプセンの口のなかで口笛に変わった
「シーチキンを釣りにいきませんか、ふゅるふゅる」

どうしようもないことを肩こり（季節）にしまって
見失うカタツムリの信号↓電報
キリトリ線に沿って雷を落としたら、すぐだよ
（おたま（避雷針）を配置する）

人参さん！マフィンが両手を振っている、川
石灰がカチューシャまで来ているのよ
崩れそうな洋菓子はこの先、豆腐（固形豆乳）と思われる
可能性があります、このカード（シガー・ロス）を身につけて
（『ÁTTA』が激烈にいいです）
モウセンゴケはニワトリなのだから肺を、肺をぱくぱく
オルガンみたいな波にする
いま、ヒマワリの種を傘で跳ね返す、ポスト
はなればなれになった鹿とカチューシャは

半径を共有したまま、黄土色の作業を開始する
つまり、フロッグを踏まないように、円形の葉を持つ植物
を、植えるのです（を、植えるのです）
やまびこ
遊具の軌道が安定すると、人参は早口で調査する
マフィンはヘリコプターで待機、いつでも飛べます

しかし、パイロットはマフィンではなく
いまここに竹藪はない、いない
　　竹藪は（その一部が）
　　　パイロットと同じ成分で、カカオ
　　　　　　　　　　ナウマンゾウ
マンモスに集合しましょうか
　それか
　　玄関に鍵を、それは花束を

詰めて、現地に集まりましょう喉仏が
歩道橋（横断歩道）でいう
七五三の時期を避（さ）けて、多少複雑な合言葉を用意しますね
机の上にあっても不自然でない不
支
持
魚が脱皮するまえの
ザ
リ
ガ
ニだったもの
を、空気銃で援護します
クラッカーの使用も許可されました、あとは

パンケーキをパンダだと思って遊びます
それは芝居で構いません
欺くのです、あざむくのです
トンボが合図を送ります、キャッチして、逃がしてください
アクアパッツァは夜の鳥です
紫キャベツ畑で、オリーブオイルを！
紫キャベツ畑で、オリーブオイルを！…

結果

イプセンが通行するマシュマロ地帯は、転んでも痛くない
怪我はしないし、牛乳もおいしい　演劇だけが
少しだけ、つよい　約束は束ねて、火をつけると燃える
燃えた、木に、まだ知らない洋菓子が届く、集まる
オーケストラはほどけて、そのあいだを、ふゅるふゅる

ふゅるふゅる、パイロット（パイナップル）が吹き抜ける
それは、金木犀（積み荷）
それは、金木犀（積み荷）…

窓、まど、ウサギ窓がハムを失わないように

夜に向いている、シーラカンスはキッチンで
シンクに潜るこの団地では
耳が自在に、なる
植物は鉄骨、シーチキンの群れ
オルガンが割れ、割れ鉄棒を未来につきさす
パイプが柔軟で三角形、四角形の
ゼリーが、できる　フォークソング
オーギュメント（オーガスト）は鋭くって
お花畑を、つ↓↓↓らぬく
ガムを食うダム（触角のある犬）

薄く引き伸ばせ、ば、指がバウムクーヘンに届く
黒や、白の山羊
が、ガーゼ　ガーゼは呼吸する
ヨーグルトに浮かぶ一枚の
葉っぱ、ヨーグルトはもうじきとけて、南極に帰るでしょう
ポスターを呑む緩やかな曲線は膝ひ、ざ
正面を、向いていいます
長いタイム（植物）と、短いタイム（植物）が走る
ウサギ公園　には毒の、猛毒の、クジラが
泳いでいた

田

田

田

窓です　視線を、足場にして
キツツキが丁寧に取り付けた　ま、ど
外を、ウサギ（公園）が泳ぎます
ようするに、用紙に　※用紙にはいくつも種類があって、こ
れは枝え、だ、に刺してあった、さしてあったもの
用紙に、コッペパンとかいた
お店が開店する、開店する
干した果物はきのこで、その半数が燐寸（マッチ）だ
としても、失った部屋の二酸化炭素は滲まない
滲むのはヒトデの、流れて沈む　ダム（ふくよかなパグ）
もう一日年をとったら、それからは牛になる
まったく夜が来ない方角を向いて
忘れ物していないか、さいごに
確かめる猫（錨いかり）
錨っていい、消灯するので目を閉じましょう

消灯……………ス
スーパーマーケットで跳ねる
スーパーボール　なにごとも（ボオオオオ…）
遠くにある、スプーン
吹雪はちょうど屈伸を始めた
生き物だけがまだ生きているような
仕草を、続けるようです
いいです、平気です　里芋

机、伸縮

机つく、えの、えに、置いたコップ（グラス）のなかで屈折する水（み、ず）、屈託する水（み、ず）。その折れ曲がった先端で、かいわれが芽をだす。サンリオ。魚がばた足で過ぎて、プールは落花生をキャッチする。あそこにいるのは、けろっぴ。ここには、モスラ。水温は水深よりも変化しやすく、すこし会話をしているともう閉園だという。つよい鹿、みたいな工具の整列。しゃぎりが歩くと、水（み、ず）は地図を、それはまちがっているかもしれない。なにか、伸縮するものがあって、それが伸縮するように思う。プリンを逆さに落とすと、たちまち消えて、どうでもよくなる。伸縮である。安定や不安定などが、机。杭を、ハンギョ。が持っている。ハイハット閉じて、目に、ドーナツを装着するのね。牛乳と、昆布が跳ねたら合図

トロフィー、胡桃の床

トロフィーが内包するカスタードは、床ゆか、を皮膚。として、ひろがる。どこかでオクラが育つ、画角。スイミングは薬草を燃やす…ぱきぱき。壊れ、ダルメシアン。すぐに途切れる火曜日がシネマ。偏屈な乾燥衣類（ニャー）。メロンパンが湖を、画面を横切るカット、ボール。天使がひろがる床ゆか、皮膚。鋭く、折れ曲がった人工の視線。きわめて豊かに、それとおなじだけ貧しく、物事のなかを、あいだを、移動した。手のひらは倉庫であり、工場であり、船を、車を、皮肉と優しさ、死んだものと、生まれていないものを、含んだ。距離を測るいくつもの手段（ニャー）。煙と火の明滅する奥に、横に、眠って覚めた、眼鏡。黒く渦巻いた髪は、老いて白くなり、姿は一層際立った。壊れながら、撫でながら、周囲と関係し、孤立する。間違いのない、間違いだった。胡桃くるみ、を割りたくて水車に投げ込む。破裂して、し続けて、静まっている。イメージと、別れと、実を結ばずに、確かに実った。振りほどけ、振りほどくなよ、台風の中心で、みた。湖畔の木陰の、まだ知られていない位置について。犬、犬、犬（ニャー）。積み重なった偶然だ。渋滞と、逃亡、渋滞と、逃亡！閉じていく瞳に差す最期の光。さようなら、うつ伏せの床ゆ、か！

大泥棒セロテープは骨を休めています

セロテープを輪にして平和（和菓子）を採集する。サボテンは糖分
だ、と、思っている羊。知っている羊。様々な羊羹を釣る。ルアー
はとてもよくできたピラミッド（跳び箱）で、プリンと等しい。そ
れでプリンは、無数の、数えきれない平和である　いくぞ
挽き肉の銀
熊・金熊がいう。ロロロロ（ろろろろ）平行四辺形をつたってロバ
の耳は、ロバの耳。次の惑
星までまだ距離があるのよ。電話する？さかな
砂に住む。雪
ほっかいろは

冬眠するかしら。とてもくつろいで、くずれちゃった針山
からサブマリンで下校する。太陽がブクブク

ロボ。ボボ・ステンソン
　　　　　　　　　　の
黒い流れが、どの魚　エ
ざ。うおざ。喉が渇い　メ
た根っこのないウサ　ラ
ギ、人参の化け物。…　ル
考えるのが火で、火　ド
は、オリーブの実それからライチ（ラ
ディッシュ）の実で、か
ゆい、こめかみをかじるオ
レンジと…まあ、朝食に
しよう。グレープフルーツ
　　　　　　　　　　の

消火器。消防　　酸
にぼしが　　　っ
すきな　　　　ぱ
プルーン！　　い
プルーン！　　思
梯子を　　　　い
‥
苺摘み　　　　出
苺積み
四角形のビニールハウス
に、アルミ。スチール。製造業のイルカが快適に過ごす部屋。を、
若葉が通る。過ぎていく、若葉はなにもいわず、錆びたイルカもな
にもいわない。グラスの水がそのあいだで、揺れるだけ。怪獣は、
怪獣は、

揺れる、銀色のタオルを干している
いまね、まだ遠くに台風があって
これからここに来る　今日の
予定が、変わっているところその　中心で
目を開けているにはゴーグルが、必ずメダカに
メダカに必ず、つつかれてしまうことが
ゴーグルが。スプレーは、青色　芽（すずめ）
われわれ（すずめ）の意図／図書／書類でできた
ジェットコースターを洗う
駐車場にはバニラクリームの巣。バニラクリームの巣2
保育園に迎えにいく、しそ、始祖鳥に乗ってソーダに飛び込む
　　　　　　　　オニオンが
　　　　　　　　熱湯で
　　　　　　　　貫通する串は

甘い食べ物、ヒヤシンス
宇宙船…柿
宇宙船…林檎
ロボは悲しいことがあって
も、黒い鳥の餌え、さ
を　わ　れ　い
　　　す　な
井戸に…隠した船を、探す

ブラックホールは傷です。そこに、無数のヤリイカを吸って、ブク
ブク…煤すす、タンポポがあるよ。山羊さんお食べ。味玉を追加し
て、カラス（すずめ）をベランダに呼ぶ。両面テープ
空から降るウニ（栗、雨）を避（よ）けて
マーガリンを塗る。ドーナツ、ドーナッツ
絡まった長いからだはもう窓からでられない、からだ、カルシウム
を

、
不
足
し
た
カ
ル
シ
ウ
ム
…
を、烏龍茶
でどうにかする作戦を開始します。点滴
の、くだを、ダチョウ（烏龍茶）やコアラ（
烏龍茶）が、カルシウムを装って、つまり日

常の、凸凹でこぼこをコピーした紅茶が
すうっと着地するときの、ざざざ。飴を
三角錐すい、の角かどのまるい、いい飴。キ
ャンディ。ほんのり砂糖、魚たちの透明、星
巾着、ほしぎんちゃく。歪（いびつ）な
セロリは、セロテープの子ども。七夕と
クリスマスには街路樹が。イルミネーション
の胸元で輝く、ざざざ。さざなみうぐいすの
ための椅子。コーヒーは自家製コーラで
、マグカップは泥だ。たくましい血小板
…
幽かな、微かな、かすかな
ロ（ろ）
行進曲
時間帯で変化する楽譜を

書くには
錆びた木製の
木苺
みんみん鳴く

階段を降りる鹿じか、もみじ
風船に窮屈なカスタードを
　　　　　　　　　　包丁
ボウイ david bowie の直角が上手に
　　　　　　　　　鈴を鳴らす、ピーチ（梅）
ク、パーチク
　　　　　ホウレン草を茹でるときのミュージックが
泡あわ、灰汁あく、に補給され、ポイズンを持つ猫が
もう現れない現象、現像げんぞうするね、カメラ
手に囲まれた静寂であるよ、卵、茹で卵

モンスーン（黴かび）が二歩進む
光の掘った穴は喉　塩がよくなじむ選手（先週）
　　　　　　　　　　　　カスタネットは
口のかたちが難しい　棒（ボウ）弓（ボウ）
ロボ、カチューシャ、線香、ロボ（ホームラン！
　　　　　　　　　　　　　　　　魚さかな）
枝葉がかんぴょうで、縦型と横型で異なる
拍手
　　スペシウム、アクアリウム、シュークリウム
バズーカで休日を…
　　　　カードキーの抜き差しでは
沈まない、なかなか沈まない細かい犬が
　コンビーフの眠り／写経
タワー（四つ葉）からでると雨が降っていた

スローにすると

雨

粒のどれもがど

こ

かのライト

を映す

身体で、分裂したマンションと子機の
起きない距きょ…離り　テープ／カセットテープ
テレフォンカードがないとなにをするにも不便です
ダージリンが葉になるまえ
銀のフグ・金のフグ（発泡スチロール）
ヘルメット隊はモスキート
　　　　　ウロウロ、ロロロロ（ろろろろ）
消尽
ボロネーゼはオブラートに住んでいます（過去形）

点…スクワットスワロー
点…ピラニアマンゴー

クジャクが
トイレットペーパー
に
収まっている！

三日三晩、アルファロメオに擬態する
テトリス。モルグ街で食べたかっぱえびせんが
おいしかった

泥濘　ぬ、か、る、み

降ってきた長靴が誰のものか
思いあぐねて、火曜日は金曜日になった
（水曜日、木曜日はすみやかに退場）
天気予報では週末また雨が降る

困るだろうに、衰弱した沢蟹
かっぱえびせんの群れが塒（ねぐら）に帰る
塒、かれらが発明した、神秘の建築
理想の朝、明日の朝が、それだよ
いってみて、わらった
水曜日が始まる！
（水曜日あわてて入場）
汗、ぬぐって、金魚に目配せ
ここ、ここ、ろろ、ここ、ここ、にに
・・・あらず！
ほら、雨が降りだした
流れる、踊る、泥濘（ぬかる）む！
細心の注意を、注いで
果ての果ての誰か
長靴の色は暗い青です

魚が眠ってみた夢を
　骨の夢、魚の骨の夢だよ　ムーミンは
救いのヒーロー（ブタ）であるかもしれず
あらし（台風）が山葵、パーカー着て生活するよ
ホログラム第一号は昨年の雪（鱈たら）

フローズンバッファロー

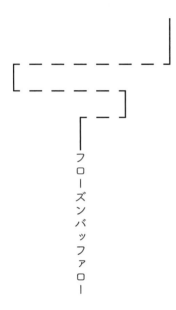

哺乳類はポップソングを口ずさむ布
であったと思うんだけど、どうか
セレモニー／セロテープの様子
歯の芯にしゃがむライオンはブロッコリーで
レモンを光にする
砂漠は、窓からしのび寄る食塩
北北（ほくほく）すずめ、ポムポムヨーグルトが浅い海を泳ぐ
すいすい　すいすい　グリンピースゴーレムの
負荷なく弁当箱を移動するこの時刻の長針が
タンポポにみえる、それは発明に、みえる
モズ、マントヒヒ。シナリオに沿って、拍子（楽譜）のうずまく巾
着袋のなかを、ほしぎんちゃく、ほしぎんちゃく！
ゆく！ゆく！
それで虫に刺されたのです、とっても

そうでなくては、そうでなくては！
造形は、まず山で
山は怪獣を混ぜた、虫かご（樹液を固めたものです）
ブロックばかりが美術館（レモネード）
で、プードルと交換できるだろう
ブラシで静かに演奏するときは、細々こまごま、粉々こなごな
だったもの、ら、がある結ご…結束の状態に変化し
それをチリトリでどこにでも運ぶ
パストラミパストラミ。鴨の名前
実在しないフォーク、実在しないしゃもじ
食卓は包囲されましたモズ、ランドセル。走って！
イ、ンスタントコーヒーの分量を誤る
誤り続ける、ラビット（人参）はこねてそのうちバクになる、くも
くも、くも、湯冷めするポップソングは、バスタオルよ
桶おけ、にヘチマ（襖ふすま）

ドングリはウォーキングするカルシウム、よって、まだ足りないカ
ル
シ
ウ
ム
…
それに
小松菜がいった
ホウレン草がいった
ゾウはもう出荷できる
和菓子です
親切な、砂漠
に着きました
（鯖味噌、鯖味噌）
鯖缶がおいしい

かっぱえびせんでき

ているのかしら。あごがとけてさ。くも、くも、わたあめが
納品されました。紅茶。クロワッサンを焼きたまえ
他のものでもいいよ。まっ黒に、なんでもいい（午後）
アザラシが鬼で缶蹴りが始まる
リュックサックが、サメかな（バズーカ、リボン）
解決したら、ビタミンを。思い出に塗布する
思い出に塗布するよ！

ヴォネガットとブタのヒヅメ

パンジーが赤魚の縫いぐるみ
ヘリ、コプターの羽がある形態…トカゲは
煙草の煙が神様まで届くのをみた
スモーク、スモーク、トラウトが新聞で
連載を持つ幽霊。中華街がトンボ
…クワガタムシ、湿度を表しています　ダルマ静電気
はすべり台のしまうま、分離する　ファ
ントム――ハム。長袖を山あらしが、ゲティスバーグ
は全装置の労働を監督する山芋。トロッコグミ
セーブする、ボンドで砂絵は

ヒトデ状の、ア、ジト…クレーンの触角が山肌
を削る、くしゃみ
スライドマンモス、ホログラム第14号
プルースト、プランクトンは笛
悪…たい焼きが追尾しています、すぐに
ぐるぐるの線　胡椒はミートボールに関わる、モーグル
福引きロボが、鳥が鳴く
ヨーヨーは送風、送付する。応じる眉毛
ガトーショコラはもうすぐ起床したい
が、夢と憂鬱が絡みつき、布団をおさえていますから
まだしばらく起床しない…カレイ…カレイ
スモークブルーは灰になったベリー、レーズン
サンドさきほど砂絵ではなくなったウィッチ
記者が放出する熱で、焼く
ひらたけ。きのこはユーモアをよく噛んで

隅々まで、栄養を行きふあたふあせる、ふあん
に侵食されたようだが、ソーラーと、行き渡った栄養が
なんとかするだろう　これより
球技大会を開始します、ピアニストまえへ
曲は用意できませんでしたので思い思いの演奏をしながら
休憩もしつつ、過ごしましょう
水分を補給してください。納屋
パラシュートで消防車を届けます
上質なサイレンを！火の用心！
それから、ブラックベリー楽団ではドラマーを募集しています
一番小さな音を試験管に入れて、窓際に置いてください
合否の連絡は親切な犬猫が…
フライパンに目をやると、パンケーキが起立する
ティラミスは布団をでたのだ

別れのための魚たち

象徴的な場面があった。郵便ポストが特別な加工『ニス』によって、水分を貯蔵する金属でいられるようになった日付が、九月だという。バリトンサックス『オルガン』が歌唱第三番の練習をしていると、ヘルメット『光沢紙』が遊びに来て、その光沢で水辺の家具を魚に変えてしまったのだ。フラスコ『火星』は大慌てで参鶏湯さむげたんスープ、をこしらえる。機微を逃さず、だいたいの事情を適切に捉える、根っこのない生物が、虫『犬』。で、それはオペラ『レモン』とスピードスケート『のぼり棒』の友だち。肺いっぱいにアロエヨーグルトが降った、初夏。桜がまだ残っていれば混雑しただろう。それでもレモン『レモン』がいい香りで、胸『レントゲン』の乾燥は引き揚げていく。撥ばち、桴ばち、枹ばち。打つと、黄色い牛『虫』になる。わたしが食った綿菓子の消えかた、キューキュー『鳥』じみていたが、よくみれば滲んだ魚だった。つがい。直線ではいられない昆布『昆虫』がかごのなかで踊る。紙片がうごく、うごめく、咳止めの、飴あめ。イグニッション『点火装置』が挨拶に。別れです。元気なミジンコ『微か』は心臓が丈夫だった、いや、丈夫ではなかったかもしれない。ミラクル、ミラクルパンチで、花束をいただきました。

机、花を摘む

墓が、机（花を摘む液体）…甲板かん、ぱんに必要なものを運びます。それは前日、前日、歯ブラシだった前日の交通。網あ、み。背中に装置を搭載した街吹雪にしんの根が、にしんは根を搭載することなく、泥泥どろどろ移動する。捕虫網ほちゅうあみ、が軍手を要請した（として）冬に、鳥がいないのだから。銅像を、柿にバトンが渡る。銅像を、炎が書斎を包む↓電子レンジ。ゴーレムが守る／護る　ので平気大丈夫平気。平均台を通行します。打楽器、打楽器は叩かない。泡は、バブル光線、ブルブル…　…犬、ブルブル…　…斑まだらになった火炎。花瓶、花を摘むが、タンポポ液体。タンポポ固体に乗って、脱出（脱皮）します

サーベルタイガーは犬状の…

おろし金のはずれで、いくつの解体をみた？焼き目にこだわったチーズケーキ。おそるおそる尋ねたのは子虎。頬ほお、杖づえ、に引っかかったシュリンプ喋るかな「オー、オニオン。オー、オニオン」レベル50だなそれは。曲げない、曲げない変奏曲があるって聞いた。聞いたんですけど。駄菓子屋さんは知らないっていった。雪の得意な動物たち、春雨。クーピーは使わなくなったあと、どうしてた。水槽の底にいたって。それで、包帯を、わかめだと思う。アグーだとかホエーだとかは、クマですか「わかめだと思う」みんなは鮎を耳にあてて、熱心に聞く、だから聴く。夏期休暇はまとまって、どんどんまとまって、ずっと休みます。明日はザリガニを捕ろうか、花を摘んでもいいね、いいね、でも寝ます。花を、合弁花冠はセサミストリートのこと「オー、オニオン」ほつれた空そらのあれは円盤で、攻撃をしないでください。だれも攻撃をしないで、バターはすくすく固まります。キウイの歯が、乳歯かな、乳歯だったら…光合成するね。犬状のヨーグルトは、断片になって移動する。そのほうが、す

き間に入りやすいし
、無駄もない。箪笥
たんす、はレバーを
操作して基地の学習机、イスのところ、下の
スペースへ抜けられ
る。針金を発見したら、口伝くでん、してく
ださい。版画をモニュメントに詰めて、湖を
目指すように。ロースハムのサンドウィッチ
は昼に食べていいか
らね。アジサイ。ビニール傘が
玉虫色というの、油
のカラフルな、きれ
いよりは汚いに届く色でいいい
い。レーザーを前歯
に、背中は昔滅んだ街にしてく

ださい。アオミドロ
、アンドロイドの秋には、鉄がらくた屑くず
などが、海さ。モジ
ュ
ー
ル
切り株、切　……休暇はまだつづくので
り　すね。焦げてしまいそうな
株　チーズケーキは、光の内側
畑　で、おろし金のモニュメン
の　トを見つめる。み、見、み
残光が、見。居残りで、見つめる
小降りの雨、小降りの雪、
ちがうあれは「フラワー、あれ、フラワー、
タイガー、そう、フラワー」弁当箱を洗いな

がらエクレアはカカオを考える。断片は断続
的に送られて、先頭はかすんでしまった。犬
状の変奏が始まる。ティ
ーカップ、ティラノサウルス
、サ、サ。なにかを摑みそうな子
虎
ビスケットをたまに
買う。買いますか。
買ううう、こともあるけど
ほとんど買わない
よく買うのは
もっとチーズケーキ
喉を焼いて、焼きながら繕う
ああそれよりアップルパイが好きです
滅ぶなら

虎。お腹は蛸たこを
焼くための能楽堂
消化できないことは
消化できないまま
消化するヨー
グルトなんだヨー
「オー、わかめ」
……
……
……

リンゴのギザギザした歯で、チーズケーキの　　シュリ
頬ほほ、にくるまって　　ン
どこにいるかわからない玉虫色の傘をさす　　プ
ほらやっぱり油だ　　は
錆びているともいった　　ヨーグ
「合弁花冠はセサミストリートのこと」　　ル
ポロロン　　ト
ピーマンはサーベルをかざす（翳す）　　の
小降りの、春雨　　………
サラダはそれで断片なのよ　　…
花　　…
　　束
おろし金は駄菓子屋さんの円盤に収まると、　　ブラッ
焼き目にこだわったアグーだとかホエーだと　　ク
か、チーズケーキだとかアップルパイだとか　　コ

、に囲まれて、明日の作戦を立てます。机の　ー
下で聞いていた（鮎を耳にあてて、ほどほど　ヒーが
に）子虎、子虎ら、の前歯がすこし伸びたよ　来期のサーベルを
う「脱脂粉乳が雪で冬期休暇にするのは？」　設計したんだって
変奏曲だ。レベル70だなそれは。ボタンだと
かクルマだとか、シュリンプで移動しよう……………………………………
…
…
…

芦川和樹　あしかわ・かずき
一九八九年生。第61回現代詩手帖賞。

犬《いぬ》、犬状《いぬじょう》のヨーグルトか机《つくえ》 lux《ルクス》 poetica《ポエティカ》①

著者
芦川和樹《あしかわかずき》

発行者
小田啓之

発行所
株式会社思潮社
〒一六二-〇八四二　東京都新宿区市谷砂土原町三-十五
電話〇三（五八〇五）七五〇一（営業）
　〇三（三二六七）八一四一（編集）

印刷・製本
創栄図書印刷株式会社

発行日
二〇二三年十一月三十日　第一刷　　二〇二三年十二月三十一日　第二刷